김백란
시집

민통선 마을 양지리에서

KB193338

김백란
시집

도서
출판 북인

2024

뒤늦게 가는 길

돌부리를 만나면 돌부리와 친해지고

작은 풀꽃 만나면 풀꽃과 친해지고

낯선 바람과 만나면

주저앉아서 바람과 이야기 나누고

그렇게 서두르지 않고

천천히 가야지

시간은 나를 키우는 자양분이다

주어진 만큼 가야겠다

2024년 삼복더위에
김백란

차례

5부 천 조각을 태우며

1부

봄을 만나는 일

불꽃

잔디에 붙는 불은
꽃처럼 피었다가
나비처럼 날아간다

검불을 태우다가
잔디에 불이 붙었다
저 꽃의 번짐이
내 가슴을 방망이질치고
저 나비의 날개가
정신줄을 빼앗아간다

불은 온전히 나를 태우고
혀를 날름대며 날아간다

불이 났다
잔디에 봄신이 붙었다

봄마중

거우내 뒤채이던
낙엽더미들
그 언저리에 물컹한 땅심을 보네
그렇게 사위어가면서
마음 한구석에 멍울 생기고
삶은 저물어간다

기다림으로
귀 기울이던 날들은
여울 따라 흘러가버리고
벌써 앉은뱅이꽃 민들레가
노란 웃음 터뜨리고 있다

냉이, 꽃다지, 씀바귀
향내 피어오르는 그곳에
머물던 바람
치마폭에 한아름 담아와야지

물오르는 가지 끝에
종종걸음치며

새순 올라오는 한나절을
푸석한 마음자리
보리밭 밟듯 꼭꼭 밟아주고
너,
봄을 마중가야지

책 표지에서 봄을 만나다

아직은
멀리 있으려니 했는데
화사하게 꽃대 하나 푸른 잎 달고
구부정하게 누군가를 바라본다

너,
봄이었구나!
땅을 헤집고 나오지는 않았어도
거기
봄이 와 있었구나

바람도 아직 만나지 않았는데
뿌연 산만 바라보고 있었는데
내가 너무 무뎌졌나
나이 한 살 더 먹고
바깥바람 쏘이기도 버거워
움츠리고 있었나

일어나 창을 열어보고
현관문을 열고 나가본다

명자꽃 봉오리가
문 열고 나올 듯이 속살을 내보인다
고개 숙이고 보니
냉이가 흙빛으로 나를 올려다본다

반갑다!
우리 또 이렇게 만나는구나
꿈결처럼 네가
봄을 이고 찾아왔구나

바람이 분다

겨우내
기지개조차 펴보지 못한 나무들
겹겹이 다가오는 초록의 숨결 앞에서
용트림한다

반갑게 다가오는
발자국 소리 들린다
가슴 두근대고 있는 줄
너,
바람은 알고 있었구나

서둘러 비척이며 오는 소리
문을 열어 맞이하고 싶은데
똑똑
노크 소리도 들려오는데
삐걱대는 문틈 사이로
벌써,
안부를 묻고 있잖아

너를 만나고 싶어

너를 꼭 만나고 싶어서
골목 어귀에서 서성거렸지

길을 잃을까봐
염려스러워서

산벚꽃

바람도 불지 않고
햇살 바른 날

늘 바라보는 앞산 뒷산에서
산벚꽃이 흐드러졌다
오갈 데 없는 뒷방 늙은이도
봄의 갈기를 흠뻑 느끼라고
알뜰히 챙겨주는 산이 고맙다

무릎 펴고 일어나 바라보는
건네주는 봄인데 마냥 반갑지
잰걸음으로 바람 맞으며
동네 안길 휘돌아
먼 데 산까지 눈에 담는다

봄나물 뜯어 바구니에
다북다북 눌러 담듯
연분홍빛 산벚꽃
눈에 진물나도록 담고
또 담는다

망초꽃

네 고향이 북아메리카더냐

가까운 이웃 나라에서 들여왔다고
천한 꽃으로 대접받는
네 모습이 안쓰럽다

묵정땅에 봄을 데리고
먼저 찾아오는 손님
암울했던 세월을 송두리째
너의 멍에로 안아
환대받지 못하는 꽃이 되었느냐

하얗게 무더기로 피어도
어여쁘다는 그 소리 한번 듣지 못하고
쑥스럽게 고개 들고 하늘을 우러러도
너는 낙인 찍힌 꽃

그래도 네 영토를 넓혀가며
끈기 하나로 버티고 있는 너
지천으로 피어 있다고
너의 생명력을 누가 탓하랴

봄을 만나는 일은

철지난 낙엽을 태우다가
더근더근 가시에 찔린
손가락에서
봄은 시작되고

촉촉한 흙덩이와
밭고랑에서 뿌리 펼치고 있는
풀포기,
힘주어 뽑는 힘으로 온다

바람 자고 일어나면
창을 열고
그 바람과 만나고

돌 틈새 비집고 나오는
바위나리
부끄럽게 손 내민다

저만치 멧새들 예전처럼
어울리고

고양이 햇살 퍼지는
양지 쪽에서 졸고 있다

바람꽃

바람을 닮은 꽃이
바람을 달래고 있어

이른 봄
눈 쌓인 산자락에
꺼져가는 혼불 흔들고
서 있는 꽃
머리 조아리고
바람의 허리를 숨결로 보듬었다

어머니의 어머니가 매만지고 간
이 땅에
허리 꼿꼿하게 세우고 일어서는
꽃대 하나 있다
얼음꽃 머리에 이고
일어서고 있다

사람들아
봄산을 더듬어 흔들어 깨우면서
홀로 외로움에 자지러지는

바람꽃을 보아라

한걸음이 조심스럽고
한 숨결이 귀하다
그 곁에서 바람 소리 들어보아라
이 땅을 흔들고
밀어올리는 소리를

사월에 내리는 눈

사월에 내리는 눈은
내리다가 아지랑이 되어야지

그런데
함박눈이 푹푹 내리다가
십센치 이십센치 솜이불이 되었다
어린 풀들 악—소리 지르지도 못하고
주저앉아버렸다

나뭇가지에 꽃눈
눈도 떠보지 못하고
눈 감아버렸다

그, 그 이튿날
나비들 벌들 아귀다툼이다
꽃은 보이는데 꿀이 없잖아
햇살은 스미는데
왜 그런 거야

야속한 맘으로

벌과 나비가 싸우고 있다
배고프다고 아우성이다

텃새들

창밖에 텃새들 요란하다
리듬에 맞춰 찰진소리로 주고받는 말
무슨 얘기 하고 있을까
조반 먹던 이야기
꽃 핀다는 이야기
바람에게 전하고픈 사랑 이야기까지
재잘재잘 쉬지 않고 또르락거린다

우리네 이야기 같은 건 안중에 없다
바람 빠지는 소리 알맹이 없는 소리
듣고 싶지도 않단다

점심 때쯤엔 뜸하더니
마당가에 식량들이 동이 났나
건너 마을로 마실을 갔나보다

점심 먹고 나무 그늘에서 한잠 자고
해질녘엔 마당가에 모여 앉아
저녁 찬거리 걱정하는 소리로 속닥속닥
하루해가 지루한지

까마귀 소리 한번 내지르고는
장끼가 새들의 세상을 평정한다

너희들 말속에 시 있다
너희들 수다속에 노래 있다
귀가 즐거운 하루가
너울너울 춤추며 지나간다

봄은 아무도 못말린다

개나리 진달래 피고
목련꽃도 벙그던 어느 날

우리 엄니,
끌고 다니던 유모차도 팽개치고
어디로 가셨다
치매가 예쁘게 찾아오신
우리 엄니,
어디로 가셨나

봄이면 마을 뒷산 등성이로
오르시더니
또 봄체증이 도지셨나보다

유모차는 길가에서
주인을 기다리고 서 있는데
동네 골목마다
찾아헤매도 보이지 않더니
산모롱이 으슥한 곳에
퍼지르고 앉아서

나물 삼매경에 취하셨다
취, 더덕, 고사리 만나고
잃었던 정신줄 찾으셨나보다

엄니,
거기서 뭐하세요?
볼우물에 한가득 행복한 미소를 지으며
고개를 내미신다

원추리에게

너, 꽃 피우고 싶지 않으면
피우지 않아도 돼
찬바람이 너에게 섭섭한 말 한다고
서운해하지 말아

사실은 네가 외로워서
꽃 피우는 줄 알고 있지만
지나가는 발소리 듣고
서두르는 너를 보며
다가오는 사람들
행복해하고 있기 때문이지

오늘 꽃 한 송이 피우고
내일 또 한 송이 피우고
오래오래 함께 하고픈 마음
또 들킬까봐
바람에게 신호도 보내고
즐거운 시간 보낸다

꽃 피우길 잘했다 잘했어

네가 너를 칭찬하며
다가오는 발소리에
또 귀 기울인다
마지막 한 송이까지 다 피워내기 위해
정성을 다한다

산수유

꽃샘추위도 이겨내고
어느새
산수유가 노란 등을 켰다
열매 조득조득 달고
여름내 붉은 색칠 하더니

서늘한 바람이 달려오면
빨갛게 익어
파란 하늘과 함께
색깔 자랑한다

한겨울
눈이 소복소복 쌓이면
반갑게 손님 맞이하는
산수유
배고픈 텃새들 불러모아
잔치 벌이는 날

그 중에 산수유를
유난히 좋아하는 새는
직박구리

2부

두루미 오던 날

새를 찍다가

자동차가 연신 질주하는
갓길에서
강여울에 노니는 두루미를 찍다가
오줌보가 터질 것 같아
산등으로 오르는 후미진 곳에서
쏴아 쏴아
변기에 앉으면 기어들어가던
오줌보가 한없이 쏟아진다

바람도 넘실대며 흘러드는
황토 위에서
여유롭게 일어나
다시 새들을 만난다

그래,
너희들도 그렇게 시원한 배설행위를
늘 하고 있었구나
주고받는 눈길
반갑다 반가워

한탄강

흐르고 흘러라

소이산 재송평 바라보며
평강고원 그 하늘 아래
피붙이를 두고 온 이들의
눈물이 마르도록

한반도 허리가 꺾이고
하늘이 노하던 그날에도
흐르고 흘러가야만 했던 강이여
낟알 곡식 생명의 명줄이라
속속들이 논바닥 적셔주었지

강바닥에는 시퍼런 이끼가 녹슬어
평화롭게 자맥질하던
고기떼 다슬기 뿔뿔이 흩어져 가고
현무암 귓속말로
알아들을 수 없는 고함소리만
질러대고 있구나

어찌어찌 이 위태로운 세월을
어루만지고 있느냐
사랑하는 이웃들
살아가야 할 이 땅의 뿌리
병들지 않게 씻어내리며

흐르고
또 흐르거라

철새

벼 타작 끝낸 줄
어떻게 알고 왔니
바람이 알려주더냐?
즐겁게 하늘을 가르며
기러기가 안부를 묻고 있네

잘 있었노라
기다렸노라 화답하며
일손 멈추고 일어서네

가을이 그렇게 문턱을 넘어
그들을 품어 감싸주네
며칠 지나면
두루미 떼도 줄 지어 날아오겠네

가을걷이 서두르고
마음도 추스르고
너희들 날개를 따라가야지
허허벌판에 허수아비 벗 삼아
요란한 마음도 내려놓고

너희들과 놀이 한판 벌여야지

옆집에 살던 형님

민통선 마을에 시집오던 해
대남방송이 살떨리게 무서웠지요
옆집에 사는 형님은
편안한 미소로 맞아주고
가난하지만 부지런히 사는 법을
몸소 보여주셨지요

고추장 담그는 법
엿 고는 법
비 오는 날이면
농사일 다 제쳐두고
부침개 부쳐먹는 일까지
살뜰히 가르쳐주셨지요

감자 캐면 감자범벅 해먹고
칠월에 옥수수 익으면
올챙이묵 만들어 내밀던 손
그 손길 한동안 그립더니

코로나가 창궐하던 어느 날

오일장에서 형님을 만났지요
장막을 친 마스크 뒤로
용케도 알아보고
무척이나 반가워 하셨지요

형님,
끊어진 철길 이어지고
기적소리 울려 퍼지는 그날까지
우리 살아서
북적이는 오일장날
다시 만나요

달짝지근한 올챙이묵 한 사발
건네면서
살아온 세월
실타래 풀듯 풀어보자구요

두고 온 아기새

앞산,
뻐꾸기 울음소리에
김매던 할머니
고개 들어 북녘 하늘을 바라본다
북에 두고 온 아기 그리워
눈 다 짓물렀는데

뻐꾹아,
너도 그곳에 알 낳아놓고
철책선 넘어왔니?
너의 아기새는 잘 있을거야
내 아가는 어찌 되었는지…

소식 감감하다

뻐꾹아,
너무 서러워 마라
칠십 년을 기다린 나도 여기 있는데
너의 울음소리
내 가슴을 꾸욱꾸욱 저미는구나

뒷산,
딱따구리도 장단 맞추어
망치질을 하고 있다
헐고 찢겨진 빈 가슴에
어쩌라고
망치질을 해대고 있다

철원의 봄

봄나들이 간다고
떠들썩해도
너는 언제 기지개 좀 펴고
속내 드러내려느냐

버들개지는 쓸쓸히
제 얼굴 단장하건만
꽃 피었다는 소식 들려도
바람은 씽씽 제자리걸음

철원평야 농부들
부산하게 논 갈아엎어놓고
물길 터 모낼 준비하는 동안에도
목련꽃 너는
꽃샘추위로 상처만 남아
피는 듯 지는 듯 애태우고 있다

그래도
복수초 바람꽃 얼레지는
눈 쌓인 산자락 더듬어

뒤늦게라도 피었다는 소식
바람결에 전해온다

한탄강 공룡터

공룡 발자국이 듬성듬성 찍힌
바위 틈새마다
구절초 뿌리내려
가녀린 꽃대 고갯짓하는 거
본 적 있나요

풀숲을 지나
잡목을 거슬러 강기슭에 다다르면
강부추도 소담스럽게 피어
강물에 제 얼굴 비추며
외로움을 달래고 있어요

다슬기 햇살 퍼지면
몸을 키워
강바닥을 지키고
뱀 한 마리 바위 틈을 넘나드는 한나절
바위솔이 작은 탑처럼
줄 서서 키재기하네요

공룡터 그곳에 가면

공룡이 살던 그 옛날 정취 그리며
흘러가는 강물에
나뭇잎 배 띄워 시 한 수도 얹어
두둥실 띄워 보내고 싶어요

되피절에 갔더니

작은 연밭이 있는
길을 따라 오르면
샘물가에 동자승이 오밀조밀 모여서
이야기꽃을 피운다

오래 묵은 느티나무 아래
봄이 꽃대 들고 일어나
반갑다고 인사를 건넨다

스님은 독경 중이고
처마 끝에 인경 소리
바람을 부르는데

피안의 요새로 들어가는 길은
물소리 흘러나오는 샘물가에
햇살과 더불어 열려 있는 듯하고
석탑에 피워올린 촛불 위로
바람이 잠시
머물다가는 길이 보인다

두루미 오던 날

식구들이 늘었구나
어린 새끼들 거느리고
멀리 날아오느라 힘들었지
겨우내 날갯짓으로 시름을 달래주고
웅숭깊은 사랑도 심어주고
고고한 자태 눈에 익을 만하면
떠나간다

벼포기 바람에 하늘거리는 날들 지나
벼꽃이 피면 더욱 간절하게
너희들 기다린다
어느덧 가을걷이에 들어가면
너희들 오는 소리 들리는 듯하여
하늘을 우러른다

뚜르르 뚜룩뚜룩
질서정연하게 하늘을 가르며
오는 손님
모두 모여서 신고식도 하고
겨울나기 계획도 세우느라
논배미가 시끌벅적하다

금학산

학 한 마리 날개 펴고
철원평야를 굽어본다

봄이면 논두렁에서
구성진 가래질소리 들으며
어린 모가 산그늘에 기대어
모살이 할 때나
누렇게 황금물결을 이루어갈 때도
너는,
어미의 마음으로 굽어보았느니

전쟁의 모진 풍상
다 겪어내면서도
의연한 모습으로 버티었다

가을걷이 시작되면
금학산 너는,
또다시 넓은 품을 열어
떨어진 낟알 곡식 준비해두고
논배미마다 철새 가족들 맞이한다

한탄강 주상절리

누구의 솜씨인가
힘 있는 손으로 연장을 휘둘러
깎아놓은 주상절리

틈새마다 야생화
자태를 뽐내고
절벽의 날선 기운이
강물의 흐름을
잠시 잠시 주춤거리게 한다

휘돌아가는 물길 따라
오천 년 역사의 그림자 여울져가고
상춘객들,
저마다 소원 한 가지씩
강물에 흘리고 간다

민통선 마을 양지리에서

1
스멀스멀 땀이 배이는 오후
논은 논이 아니었다
자갈밭이었고
황무지였다

임대해준 땅
노동만이 필요했다
피땀 흘려 일궈야만 했다

전쟁이 할퀴고 간
피바람으로 황폐한 땅
외면하던 땅을 찾아
화전민들이 모여들었다
허연 쌀밥이 그리워 모여들었다

1970년대 초
밥 한 그릇이 눈물겨운 시대
철원이라는 오지에
발을 들여놓고

밤이면 물꼬싸움
낮이면 땀방울을 흘리고 또 흘렀다

2
동네 어귀엔 늙은 정자나무 한 그루 없고
살아남은 피붙이 하나 없이
외지에서 몰려온 사람들
가난 때문에 서러운 사람들이었다

의지할 데라곤
노동력 하나 빈손에 움켜쥐고
철원 벌판을 밟았다

경운기에 몸을 싣고
바람맞으며 가는 일터에
바람이 좋았다
억새가 바람 따라 일렁이는 게 좋았다

벼가 패기 시작하면
바람이 왜 불어야 하는지 알게 됐다

그리고 그때 사랑도 알게 되었다
허연 쌀밥을 먹고 사랑하다가
낳고 낳고
한 일가를 이루었다

3
철책선을 뒤흔들던 대남방송
그 소리 자장가처럼 듣고 살아온 날이
수십 년 흘렀다

장날마다 꽃단장하고
장보러가던 형님들
이제 하나둘 다 떠나가고
주름진 손등 바라보며
노을진 여정을 더듬는다

스물일곱 배미 다랑논 사고
기뻐하던 날
세상을 다 가진 것처럼 좋아하던 날
그 마음 가슴에 품고 살아온 세월

미련도 후회도 없어라

옥수수 익어가는 텃밭에서
오늘도 잡초더미와 전쟁이다

3부

옆지기

허수아비

바람이 너의 품을 파고들어
속살 다 갉아먹고
빈속 내 보이기는 싫어
춤을 추고 있구나

제 영혼 어느 허공에 던져놓고
흥에 겨워
온몸을 바람에 맡기고 서서
차라리 사랑타령이냐

뙤약볕에 말라가는 풀들
벼 그루터기
못다한 결실이 있거들랑
다시 올 그날을 위해 잠재우고

오늘은 편히 쉬려므나
내 서러운 이웃이여

옆지기

해가 지기 전에
풀지 못한 사연 있거들랑
아침이 오기 전에
풀어내야 할 말 있거들랑

오늘이 가기 전에
넌지시 들려주십시오

당신의 기침소리 들려올 때마다
그것이 하고픈 말의
끄트머리쯤 되나 싶어
아직은
작은 바람에도
마음 흔들리고 있습니다

바람 지나가듯
얼버무린 속내 있거들랑
사부작 사부작
낙엽 지는 소리로
들려주십시오

어둠을 헤집고 들려오는
귀에 익은 발자국소리
그 소리 기다리며
오늘도
노을빛 잦아드는 마당가에서
서성입니다

산책길에서

산책길은 촉촉하고 상쾌하였다
눈발은 자유롭고 느슨했다
밤하늘의 별을 세듯
만보걷기를 생각하고
몇 걸음이나 될까 세어보았다
지루하지도 않고
발걸음도 경쾌하게 빨라졌다

길가 코스모스가
꽃 진 채로 서서 반겨주었다
가시 같은 씨방을 털어
손에 움켜쥐고 걸었다
코스모스 씨를 어디에 뿌려줄까
생각하다가
강비알에 뿌려주었다

봄 지나 여름 오면
새 생명으로 태어날 수 있을까
꽃으로 피어나면
고개 내밀고 서로 반갑다고

인사 나눌 수 있을까
미소가 저절로 입가에 스멀거렸다

꽃을 만날 수 있으리라는
희망 하나 만들어 가지고 돌아오는 길에
하늘에 두루미 떼지어 날아간다
눈발은 자유롭고 더욱 느슨해졌다

내 유년의 광장

그렇게도 넓었던 운동장이
아주 아주 작아졌어
운동회날 소고춤과 매스게임
그토록 멋진 행렬이 있었던가

선생님은 가난한 나를 위해
조촐한 도시락을 내밀어주셨지
늘 말이 없던 아이는
선생님과 눈 마주치며
사랑의 도시락을 먹곤 했는데

선생님은 지금 먼 나라에 계시고
교실 문 열어보고
쓸쓸히 돌아서는 발길

휘적대며
내 유년의 바람을 만나러 나섰다가
죄송한 마음으로
선생님의 생가가 있던
개울 건너 산동네 하늘만 바라본다

기찻길 지나 학교 가던 길
내 유년의 광장에서 들려오던 함성이
아득한 기억으로 밀려온다

가을산

시월의 길목은
초록에 지쳐 있던 여름이
한 발짝
두 발짝
물러서기 시작하고

물안개 낮게 드리우고
아침은 산을 휘감고
담금질을 한다
불그죽죽 멀리 뵈는 산
차분하게 가라앉은 어머니의 품처럼
포근하고 여유롭다

마음에 얼룩진 세월의 상처들
저 산빛으로 이불 한 채 만들어
겨우내 덮고 자면
다 치유해줄 것만 같다

노을빛도 가을산 닮아
하늘에 번지고 있다

그렇게 용서하고 싶은
넓은 마음자락으로…

겨울이 오는 소리

십일월이 문턱을 넘어섰다

뒤란에서 후두득
쓸어내리는 소리
가을이 고개를 넘어
겨울로 오는 소리
떨어져야 하는 잎새들
비가 오는 듯 설렁댄다

어느 해는
갈색빛으로 조용히 조금씩
떨어지더니
억지스러운 예쁘지도 않은
색을 띄우고
갑자기 비 오듯 떨어진다
누군가 계절이 오고 가는 질서를
무너뜨리고 있는 것일까

분명 겨울은 쳐들어오고
산비알에 사랑은 우수수 지고 있다

너, 겨울이 오려고
그렇게 가슴이 아리고
다리가 후들거렸나보다
나이 한 살 보태는 쓸쓸함이
십일월의 뒤안길로
건너오고 있다

벌들의 수난시대

차고 지붕에
축구공보다 큰 벌집이 매달렸다
정교한 곡선의 무늬를 이어붙인 듯
훌륭한 장인 솜씨다
올려다 볼수록 신기하다

119에 신고한 지 한 시간도 되지 않았는데
커다란 불자동차가 달려왔다

무슨 일인가 하고
동네 어른들이 고개를 젖히고 바라본다
자루 속으로 사라진 벌집 뒤로
남은 벌들이 집 주변을 맴돌고 있다

벌들을 바라보며
슬픔에 잠긴다
순식간에 집도 잃고 가족도 잃고
붕붕 소리를 내며 아우성이다

우리는 모두 범죄를 모의했다

벌집을 처음 발견한 건 나
신고한 사람은 우리집 가장
달려온 건 119 대원들
목격자는 동네 어르신들

벌집을 발견한 죄로
나는 몇 날 며칠을
벌들의 통곡소리를 듣고 있다

태풍

아이 잃은 어미의 절규인가
밤새 헤매이는 가엾은 울음소리
나무를 흔들어대고
지붕을 들썩이며
이 골목 저 골목을 누비고 다닌다

아이 잃은 어미의 슬픔에
하늘의 별들도 다 쏟아지고
달도 길을 잃어
어둠 속을 헤매는데
나무를 붙잡고 골목길 벽을 붙잡고
꺼이꺼이 울어대는 바람아

밤이 새도록
너, 머물자리 찾지 못하고
뜬눈으로 밤을 지새는구나

이제 그만 보채고
잠 좀 자자

바라는 것들의

또 살았는가
무심히 한마디 건네고 있는
너의 눈길이
비록 따뜻함이 전해지지 않더라도
한 번쯤 해맑게 웃어나 줄걸

손 한번 잡아주지 못하고
떠나가면 어쩌나
이미 감각을 잃어버린
무디어진 손마디
내 것이라고 움켜잡았던
그 많은 날들
바람 되어 스쳐갔다

너는 너를 애태우고
나는 내 속에 들어앉아
그것을 사랑이라 일렀던가

다가서지 못하고
풀어내지 못한
한 생애가 저물어간다

무서리가 내리더니

며칠을 두고
무서리가 내리더니
갈잎이 저벅저벅
산 아래로 내려온다
서두르지도 않고
바람 탓도 하지 않고
옷을 벗고 있는 나무들

어제도 그제도 갈퀴 들고
낙엽이랑 밤송아리 긁어 태웠더니
한 줌의 잿속에
밤나무의 한해가 가고
우리네 한해가 저물어간다

꽃진자리 거두어내고 나니
맨드라미 아직도 미련이 남아
얼굴 붉히며
마지막 열정을 태우고 있다

비 그치면

이 비 그치면 추워지겠지
가을걷이 못다한 마음
밭에 가 있고
아침에 눈뜨면 서리가 왔을까
궁금해 창을 열어본다

대관령엔 눈이 온다는데
첫눈 맞아보고 싶다
설레는 바람 데리고
대관령에나 가볼까

가을걷이 못다한 밭 모서리에
콩주저리 주인의 손길을 기다리고
가을바람에 취한 듯
잠자리 한 마리
하늘을 붙잡으려 애를 쓴다

정전

아이들 고물고물 자랄 적에
비 오고 천둥 번개 치면
정전,
그 캄캄한 시간을
촛불 밝혀놓고 기다렸지

아이들은 열띤 분위기에 젖어
이 방 저 방 몰려다니며
촛불 일렁이면
춤이라도 추고 싶어
촛불 앞에 모여들었지

숨바꼭질하는
전등불이 신기해서
일렁이는 촛불이 더 신기해서
마냥 즐거운 축제의 시간이 되어주었다

이제,
아이들 다 성장해서 집 떠나가고
정전도 뜸한 오늘을 산다

어둠과 촛불 사이로
바람 일으키며 붐비던 그날들
지금도,
기억하고 있을까

4부

여름의 고개

청딱따구리

부지런하기도 하지

해도 뜨지 않았는데
지붕 모서리에서 드릴 소리가 난다
목수가 지붕 보수하러 왔나
나가보니
청딱따구리 한 마리
처마 밑에서 진을 치고 있다

망치소리는 접고
드르르륵 드르르륵
뜸하면 와서는
잠을 깨우는 짓궂은 새

어서 일어나라고
자명종 소리가 되어
나를 깨운다
뜨르르륵 뜨르르륵
집 한 채를 송두리째 깨운다

친구야

참되자는 교훈 되새기며
계단을 오르던 날들
난간에 부서지던 햇살무늬 빛
우리들은 아침마다 계단을 오르며
꿈을 그렸지

하얀 구름이 조각조각 흩어지고
백양나무 그늘에 앉아
우리 그때 어떤 이야기들을 나누었을까
지금은 가물가물 지워져가는
첫사랑의 숨은 그림자들 찾고 있었을까

친구야
우리 서로 변한 모습에 놀라기도 하고
흘러간 세월을 아쉬워하며
그때 가난했던 담벼락에 모여서
나누던 이야기들
다시 꺼내 들어보자
오늘만은 그때로 돌아가서
주름진 얼굴 활짝 펴고 웃어보자

남은 시간도 담소하며 천천히 가자
우리,
안녕이라는 인사는 나누지 말자

오월로 가는 길목에서

거기,
밭고랑 사이
꽃길 있었네

종종걸음치며
파밭 김매러가는 길
복사꽃 떨어져 헤쳐 모여 모여
고랑에 줄 서 있었네

꽃길 꽃길 하더니만
여기 꽃길 있었네
서둘러 바삐 걷다보니
내게 와준 꽃길인 줄 모르고
지나칠 뻔하였네

꽃잎들
수줍은 새악시 볼에 번지던
고운 빛으로 다가오는데
한눈팔다가 하마터면
놓칠 뻔하였네

어젯밤 꿈에

싱싱한 즙 가득 머금은
돌배를 따면서 생각했다

돌배나무 한 그루 심어
이웃들 마실 오면
지난 날 살아오던 추억 되새기며
돌배술 나누고 싶다

돌배술 한 달이면 가장 맛이 좋다는
이웃 형님의 말씀 잊지 않고
술 익으면
그리운 이들과 만나
술맛에 촉촉히
젖어보고 싶다

사랑도 그리움도 미움까지도
술에 다 풀어넣고
우리 마음에 맷돌을 돌려
잊고 지냈던 사연들
꽃처럼 피우고 싶다

여름의 고개

삼복더위 그 고개 넘기 힘겹다고
매미는 날개를 찢어가며 울고 있다
계곡물 찰찰이 흐르는 돌틈마다
거친 물살처럼 매미소리 드나들고
골짜기마다 진을 치고 있는
피서객들 저마다 사연 한 가지씩
여울에 흘리고 간다

계절은 콩꼬투리 하나에도
이름을 지어 보내고
바람에 팔랑거리는 잎새들
시절을 안다고 고갯짓한다

한 고개만 넘어가면
파란 하늘도 엿보이고
치켜든 벼이삭 고개 숙일 날
멀지 않았다

이미 가을바람 소리
옥수숫대 사이로 잦아들고 있는 줄

너는 알고 있느냐
바람아,
여름의 된 고개를 짊어지고 가는 바람아
잠시 쉬어가려므나
땀투성이 지친 몸
잠시 식히고 가려므나

봉숭아 꽃물 들이던 날

동네 안길 다니다가
탐스러운 봉숭아꽃을 발견하고
꽃물 들이고 싶어 얻어 가지고 왔네

아이들이 밤새 꽃물 들인다고
손가락 발가락에
동여매고 잠을 잔다

잠버릇이 몹시 심한 손녀가
손을 가지런히 가슴에 얹고 잔다
저렇게도 꽃물 들이는 것이 좋을까

아침이 되니
아이들마다 손을 펼치고는 법석이다
봉숭아 꽃물 저마다 간직하고
집으로 돌아갔다

할머니 집에서의 꽃물 들이기
아이들이 크고 어른이 될 때까지
마음속에 물들어 있을

빨간 봉숭아 꽃물

그래,
할머니를 기억할 때마다
봉숭아 꽃물 생각하거라

깻모 내던 날

똑 똑 똑
낙숫물 소리 반갑게 들려온다
깻모 촉촉이 젖어
뿌리 잘 내리겠다
한땀 한땀 바느질하듯
간격도 적당히 깻모를 심었다
허리도 다리도
제자리 벗어난 듯 휘청거린다

밤새 비 맞고
생기 머금은 깻모
아침에 달려나가
눈맞춤 해야겠다

시금치를 심었네

여름장마 지나
더위가 주춤해질 때
시금치된장국이 간절해서
밭에 시금치 씨를 뿌렸네

가을에도 장맛비처럼
시금치 싹을 세차게 두들겨대더니
시루 속에 콩나물처럼 웃자란 시금치가
어느 날 나를 보고 속삭이네

맛있는 된장국 끓여보세요
키는 크지만 그래도 달착지근한
시금치 맛은 여전할 거예요

아침 일찍 밭에 나가
시금치 뜯어 된장국 끓였더니
같이 사는 사람
후룩후룩 요란스럽게도 드시네
맛있다는 말은 할 줄 모르는 사람
그래도 빙그레 미소가 흘러나오네

오월의 가뭄

먼지 이는 밭고랑에
고추는 고개 숙이고
꽃을 피우다가
꽃이 햇살에 살짝
데일 것 같은 날

비소식은 들려오는데
바람은 비를 어디론가
쫓아버리고
저 혼자 돌아와
나뭇가지만 흔들어댄다

꽃이 떨어진다
밥풀 같은 꽃이
누렇게 떨어져 나뒹군다
고춧대에 물주던 손도 놓고

하늘만 쳐다본다

처마 밑에서

빈병수거함 옆자리에
둥지를 틀었다
붉은 반점이 귀엽게 찍힌
새알 두 개

그날부터
불안하고 초조하기가
어미새와 같은 마음이 되었다

하루 지나 들여다보면
새로운 알이 자꾸 늘어나고
놀라서 날아가는 어미새야
나는 훼방꾼이 아니야
안심하렴

어서 어서 알에서 깨어나
삐약대는 모습 보고 싶구나
내 마음 온통 너희에게 빼앗겼는데
제 어미도 할미도 아닌데
나는 왜 이렇게
설레는 것일까

그녀의 손길

뒤란에는
사과, 배, 복숭아가
해를 안고 둥글둥글

우물 옆에 호두나무 한 그루
호두알이 디글디글
그 옆자리에 대추나무
대추가 조득조득 달렸네

대문간엔 수세미가
도깨비방망이처럼 실하고
노란 수세미꽃이
하늘을 향해 달아오르고 있네
그 옆에는 작두콩이 질세라
날렵하게 매달려 있네

담장 아래는 백일홍, 천일홍, 다알리아
봉숭아 이름 모를 야생화들
이곳이 바로 천국이네

마당 한 켠엔 도토리가
멍석 위에서 껍질이 툭툭 터지고 있네
부지런하기도 정성스럽기도 하지

친구야!
그 억센 손으로
나 좀 잡아봐
그 손길 닮고 싶다

대서

많이 덥다고 해서 대서라
사람들 미리부터 겁먹고 있다
예전에는 복더위가
그래도 견딜 만했는데
이제는 에어컨 바람도 무색하다

더위,
참기는 어려운데
에어컨 바람이 살을 뚫고
심장을 헐고 있는 것 같아서
모자 쓰고 긴팔 옷 입고
고개 숙인다

지하철에서 버스에서
바람구멍을 피해 앉는다

누가 내 몸에 산후바람을
전해주러 왔는지
눈도 제대로 못 뜨고 울상이다

대서를 피해 대피를 해야겠다
어디로 가야 하나…

내 어머니 품속이 그립다

복분자

너는 너를 지키기 위해
가시를 달고
가지를 쭉쭉 뻗어간다
뿌리에서는 자양분을 가리지 않는다
주는 대로 주어지는 대로 만족하며
굳건하게 자란다
가지 사이사이마다
꽃대를 오물거리며
유월의 태양을 신화 속의 식인종처럼
빨아들인다
하얗게 꽃진자리를 밀어내더니
분홍빛으로 부끄러운 듯
홍조를 보이더니
드디어 진보라색 열매를 반짝이며
목마른 자의 손길을 유혹한다
너는 너를 지키기 위해
열매에 닿는 손길마다
가시를 들어 거부하지만
맛난 열매는 따는 이의 손에서 입으로
축적된 태양의 밀어密語들이
순식간에 탄성으로 변해간다

100

5부

천 조각을 태우며

택배

쌀자루와 신문지에 싼 푸성귀
비닐봉지에 꽁꽁 동여맨 오이지
박스는 배가 불러
여밀 수가 없는데

할아버지 할머니는
주섬주섬 뭔가를 자꾸 넣는다
작은 틈바구니까지
마늘 한 톨 한 톨 집어넣은
할머니는
이제 흐뭇한 표정이다

이 정성
이 사랑
받는 이는 알까

천 조각을 태우며

시집올 때
바느질하고 남은 자투리천
어머니께서 한 보따리 보내셨지요
가난한 시집살이 시작할 때
조각상보도 만들고
아이들 어릴 적에 소꿉놀이감으로
한몫 톡톡히 했지요

때론
장항아리 햇볕바라기 할 때
장맛도 뜸 들이고
어머니,
그 손길 생각하면
장맛 같은 아련함으로
설레이는데요

치마저고리 마름질하고
남는 만큼의 여분이
내 살아온 날에
나무 그늘이 되어주었지요

사르락 사르락
어머니 가위질소리
꿈결에 들려오고
재봉틀 소리도 돌돌돌
굴러가는데요

그때 한 번 더 안아줄 걸

아이들 어릴 적에
무심히 지나쳤던 손길
다 이유 있는 것이었는데
지금 돌이켜보니
미처 아이들 마음 들여다보지 못한 일
미안하고 서러움으로 밀려오네
사랑으로 키웠다고
최선을 다했다고
무심히 흘린 말들
더 안아주지 못한 것
후회로 밀려오네

미안해서
너무 미안해서
아이에게 전화를 하네
그런데 엄마의 마음 들켰나
토라져서 전화도 받지를 않네

오늘 하루 울컥하여
눈물 글썽이며
반성문을 쓰네

빈집

회오리치고 지나간 날들
아득한 거리에서
돌아보니
나 당신의 속 고갱이었을 때
당신은 나의 집이었네

속속들이 애먹이고 태어난
철부지 망나니 시절이었네
그곳으로 돌아가고 싶지만
갈 수 없어
당신의 비어 있는 집 속으로
무심히 찾아들었네

말없이 손길로 보듬어
세상을 열어주시더니
저물어가는 뒤안길에서
온전한 사랑이 아니었다고
외쳐대던 철없던 날들

부끄러운 옷자락이 되어
펄럭이네

우리 서두르지 말자고 했던가요

우리 성급하지 말자고
그렇게 그렇게 되풀이만 하더니
아직도 우리 사랑 준비하고 있는지요

세월이 켜켜이 쌓여갔는데
우리 만나는 날은
다음 생이 되려는지요

눈은 침침해지고
가슴은 먹먹해지고
뼈마디 저근저근 쑤셔오는데

서두르지 말자던 그 말
아직도 귓가에 들려오는데
아지랑이 실은 바람 타고
너울너울 건너오세요

할말이 너무 많아서
삭히려 애를 써도 삭혀지지 않아서
아직도 기다리고 있어요

노을 진 저녁 하늘 눈이 부셔
바라보지도 못하고
발 동동 구르며
기다리고 있어요

청국장을 끓이다

보글보글 끓는
청국장찌개

맛을 보니
씁쓰름하기도 하고
떫떠름하기도 하고
영 당기는 맛이 나지 않아

양념 듬뿍 넣고
다시 끓이다보니
은은한 그 맛이 살아난다

저녁 한상 차려
맛있게 먹고 나니
옷에 쿰쿰한 냄새가 배었구나
온 집안 구석구석 배어들었구나

어머니 품속에서 풍기던
그 향기가
손에 뭉클 만져진다

잊혀가던 그리움이
보글보글 다시 끓어오른다

그녀는 가고 없는데

늘 아프다고
내게 와서 응석부리더니
이제,
다른 세상 사람이 되었구나

항아리에 정성스럽게 묵힌 간장 나눠주면서
집안 정리 하더니만
덜컥,
감기에 몸져눕더니

그녀가 가고 없는
몇 날이 지나갔네
마음대로 오갈 수 없는 세상을
노크해보지만
그녀는 없네

아침에 나물무침을 하며
그녀의 피 같은 간장 한 술 넣고
그녀를 생각하면서
슬픔을 먹네

발자국소리
문 여는 소리
아직도 들려오는 듯한데
그녀는 볼 수가 없네

다시 봄 오거든
꽃으로 내게 와서
우리,
못다한 이야기 나누어요

잠이 오지 않는 밤

왜!
멍하니 눈뜨고 누워 있니
일어나 생각들 걸러내어
글로 써봐
뭔가 새로운
아니, 힘들었던 지난 날이라도
괜찮아

어머니가 돌돌거리며 재봉틀에 앉아
세월을 깁고 계실 때
그 옆에 앉아 책을 읽고 있던
너,
소설가도 되고 싶고
시인도 되고 싶던
너의 꿈이
재봉틀 소리에 걸려 곤두박질치던 날
그때가 그립다

어머니 잔소리 귓가에 쟁쟁하고
먹고 살아야 하는 것만이

절실했던 시절
꿈 같은 건
선반 위의 먼지 같은 하찮은 것이었지

책을 읽다가 걱정하는
어머니 곁에서
바느질도 배우곤 했지만
그것이 내겐 헐렁한 옷처럼 부담스러웠다

지금은 하늘나라에 계신
어머니,
또 한소리 해주세요
잠이 오지 않는 것은
배부른 투정일까요?

미안하다 야옹아

음식쓰레기 들고 나서는데
뒤에서,
천천히 따라오는 놈이 있다

마당가 나무 그늘 밑에
거름되라고 혹은 야옹이가 먹을 수 있을까
오늘은 푸성귀만 있어
야옹이에게 미안한 마음이다

지난 번엔 수박껍데기도
맛있게 갉아먹었더구나
그때는 몹시도 목이 말랐었나보다
네 걸음걸이가 힘이 없고
조용해서 짠하다

나무들과 바위틈에서
무슨 생각하고 있었니
혹,
나를 기다리고 있었니

미안하다 야옹아
네 마음 알아차리지 못하고
누군가에게서 위로받고 싶은 마음만
잔뜩 키우고 있었지

작은형님

오늘도 텃밭에 나가 김매고
푸성귀 따다가
형님 생각했어요

봄이면 실파 솎아서 건네주고
봄배추 뽑아 국 끓여먹으라고
주시던 손길 그리워요

콩 심을 때를 알려주고
콩씨 정갈하게 골라
한 되박씩이나 주셨지요

참기름 짜오면
정성스레 담아서 건네주고
도토리가루 그 힘든 과정
다 잊고
푹푹 덜어 건네시던 손길
잊을 수 없어요

돌아가시던 해 봄에

돼지감자 한 소쿠리 주더니
여름 오기 전에
하늘나라 가시다니요

오늘도 주신 돼지감자로
차 끓이면서
모락모락 오르는 차 내음 맡으며
형님과 만나고 있어요

나 오늘 상처를 보았네

해가 질 무렵
손가락에서 피를 흘리며
헐레벌떡 들어서는 그 사람
눈이 저만치 퀭하게
십 리는 들어가 있었네

병원으로 가야 한다며
달려가는 그를 보내고
일요일의 응급실을 생각했네
입을 벌리고 있을 상처와
초조하게 차례를 기다리고 있을
그를

자정이 되어가는 늦은 밤에
환하게 불을 밝혀놓고
걸레질을 하네
무겁게 내리누르는 눈꺼풀을 곤두세우고
시간을 저울질하였네

자정이 막 지났을 때

그는 개선장군처럼 늠름하게
현관문을 열어젖히고 들어와서는
별일 없었다는 듯
오늘 일어났던 일 한 토막을
내게 던져주었네

응급실에는 자신보다 큰 부상을 당한
사람들이 줄 지어 있었다고

기제사

제사 받들던
작은형님 돌아가시고
막내며느리인 내게
불호령이 떨어졌습니다

얼떨결에,
그래요
어머님 생전에
뵙지도 못했는데
서럽게 돌아가셨다는 뒷얘기에
마음도 아팠는데
제가 밥 한 그릇 올리겠습니다

그날 밤 꿈자리에서
어머님이 당당히 현관문을 열고
들어오시더이다
그냥 반갑고
반가웠습니다

열 살 때 두고 가신 막내 아드님

어떻게 살아가는지
무척이나 궁금하셨나봅니다

제사상 차리는 옆에
조카들 아주버님들
두런두런 얘기하는 모습이
좋아보였습니다

응급병동에서

여기저기서
신음소리가 끊이지 않는다
환자도 간병인도 밤은 지옥이다

그런 밤을 날로 새우고 아침을 맞는다
뿌연 얼굴로 태연한 미소로
별일 없었던 것처럼

햇살은 서둘러 창문 곁에 얼굴을 내밀고
간밤에 다 죽었던 사람들이
아침이면 웃으며 인사를 나눈다

오늘은 퇴원하는 사람
장기 입원실로 옮기는 사람
언젠가 만날 기약도 없이
하룻밤 사이에 이웃이 되었다가 헤어진다

죽었다가 다시 태어나도 만날 것처럼
하룻밤 사이에 아픈 만큼 깊이 정이 들어
또 만날 것 같은 예감에

돌아서서 인사하고
그렇게 작별을 고한다

응급병동의 하루는 전생이다

막내가

엄마,
나 병원에 다녀왔어요
음!
좋은 소식 있니?

막내의 목소리가 들려오는 순간
나는 뭔가 가슴 두근대는 소리를
내 안에서 듣고 있었다

드디어 올 것이 왔구나
오랜만에 만나는 설레임이다
조심스럽게 기쁨이 건반을 두드리듯
울려온다

그래,
이 할미는 팔다리에 힘 좀 더 키우고
아가,
너를 기다려야지
마음도 몸도 추스르고
아가,
너를 위해 기도해야지

무구無垢한 시인의 성정과
시맥詩脈의 보고를 찾아서

이영춘/ 시인

1. 금학산이 날개를 펴고

　김백란 시인의 시는 순수하고 무구하다. 그는 철원평야에 살면서 그곳의 자연과 풍물, 역사에 대하여 오래 전부터 남다른 관심과 안목으로 그곳의 생명체들과 교감하면서 살고 있다.

　김백란 시의 특징은 사물들에게 감정을 이입시켜 사람과 똑같이 호흡하고 노래하는 의인화 기법으로 시를 승화시키고 있다. 그것은 그만큼 사물과 생명체에 대하여 깊은 관심과 애정에서 비롯되는 따뜻한 성정이다. 이렇게 사물과 자연 생명체들을 한 가족처럼 사랑하고 호흡하면서 동일체로 그려내는 것이 김백란 시의 특징이다. 그러므로 철원은 김백란에게는 더없이 좋은 자산의 땅이고 시의 땅이다. 특별한 환경은 시인에게 남다른 정서를 불러일으키는 좋은 자양분이 된다. 더구나 그는 민통선 지역에서 50여 년을 살아오면서 「민통선 마을 양지리에서」와 같은 시를 쓰면서 역사의 한 페이지를 기록하듯 시와 함께 살고 있다.

김백란 시인은 2012년 등단 후 2014년에 첫 시집『스물일곱 배미의 사랑』을 상재하였다. 그리고 2021년에는 철원의 상징인『철새 이야기 a story of 50years』란 철새들의 이미지를 바탕으로 직관적인 시적 영감을 시사화詩寫畵한 '사진첩'을 임수현 사진작가와 공동으로 간행하기도 하였다.

철원은 유네스코에 세계지질공원으로 등재될 만큼 역사와 문화와 그리고 생태환경이 살아 숨쉬는 땅이다. 이 땅은 많은 시인들에게는 시의 보고寶庫 같은 광맥의 땅이라고 한다.

김백란 시인은 이런 특수한 곳에 살면서 숨결마다 발길 닿은 길목마다에서 마치 가까운 이들에게 혹은 이 세상에게 던지는 메시지와도 같이 자연스럽게 그곳의 역사와 문화와 사물들과 대화를 나누면서 그 정서를 시로 승화시켜 내고 있다. 「철새」, 「한탄강」, 「철원의 봄」, 「새를 찍다가」, 「한탄강 공룡터」, 「텃새들」, 「한탄강 주상절리」, 「두루미 오던 날」, 「금학산」, 「되피절에 갔더니」 등은 전부 철원을 노래한 작품이다. 우선 철원의 지명을 소재로 한 작품「금학산」을 감상해보자.

학 한 마리 날개 펴고
철원평야를 굽어본다

봄이면 논두렁에서
구성진 가래질소리 들으며

어린 모가 산그늘에 기대어
모살이 할 때나
누렇게 황금물결을 이루어갈 때도
너는,
어미의 마음으로 굽어보았느니

전쟁의 모진 풍상
다 겪어내면서도
의연한 모습으로 버티었다

가을걷이 시작되면
금학산 너는,
또다시 넓은 품을 열어
떨어진 낟알 곡식 준비해두고
논배미마다 철새 가족들 맞이한다

—「금학산」 전문

　　이 시는 첫째 연에서 "학 한 마리 날개 펴고/ 철원평야를
굽어본다"와 같이 중의적 기법으로 그 의미를 확대 함의하
고 있다. '금학산'을 고고한 학鶴의 날개로 승화시켜 낸 비
유가 그 첫 번째이고 '금학산' 자체를 '학'으로 비유한 메타
포가 두 번째이다. 그리고 작자는 이 '금학산'에 생명을 불
어넣어 "가을걷이 시작되면/ 금학산 너는,/ 또 다시 넓은 품
을 열어/ 떨어진 낟알 곡식 준비해두고/ 논배미마다 철새
가족들 맞이한다"고 그 주제를 살려내고 있다. 요란한 수사

修辭 없이 담담하고 무구하게 '금학산'을 그려낸 작품이다.

아울러 금학산은 철원군 자료에 의하면 해발 947m에 이르는 철원의 대표적인 명산으로서 학이 막 내려앉은 형체를 하고 있다 하여 붙여진 이름이다. 서기 901년 후삼국의 궁예가 송학으로부터 철원에 도읍을 정할 때 도선국사의 풍수지리설에 의하면, 궁전을 짓되 이 금학산을 진산으로 정하면 명산의 힘을 받아 300년을 통치할 것이며, 만일 고암산으로 정하면 국운이 25년밖에 못 갈 것이라고 예언한 바 궁예의 고집으로 금학산을 정하지 않고 고암산으로 정하여 18년 통치 끝에 멸망하고 말았다고 한다. 산세가 험준하고 웅장하여 등산 코스로 적지이며, 산 중에는 마애석불, 부도석재 등 유적이 있는 명산이다.

2. 새들과 함께, 새를 찍으며

철원! 하면 제일 첫 번째로 떠오르는 것이 '철새두루미 도래지'이다. 김백란 시인의 이번 시집에서도 「철새」, 「새를 찍다가」, 「텃새들」, 「두루미 오던 날」 등의 작품은 그곳에 대한 호기심을 한껏 불러일으킨다. 아울러 철원이 철새도래지로 유명하게 된 이유는 '자연환경' 때문이라 한다. 철새도래지는 현무암 지반을 뚫고 솟아나오는 섭씨 15도 가량의 미지근한 온천이 겨울에도 얼지 않고 아무리 심한 가뭄에도 줄지 않기 때문에 300여 년 전부터 백로, 두루미, 왜가리 등 겨울 철새들의 도래지로 유명한 곳이 되었다.

현재 샘통은 한국전쟁 이후 샘통 주위에 울창하였던 오래된 소나무와 큰 나무들이 자취를 감추었고, 샘통 일대가

모두 농경지로 변하였지만, 지금도 10월 중순경부터 다음 해 3월경까지 두루미와 기러기 등 수만 마리의 철새들이 떼를 지어 날아와 겨울을 나고 있다. 그러면 김백란 시인의 시에서 그 '철새'들은 어떻게 살고 있으며 시인에게 어떤 영감으로 시적 승화가 되고 있는지를 살펴보자.

벼 타작 끝낸 줄
어떻게 알고 왔니
바람이 알려주더냐?
즐겁게 하늘을 가르며
기러기가 안부를 묻고 있네

잘 있었노라
기다렸노라 화답하며
일손 멈추고 일어서네

가을이 그렇게 문턱을 넘어
그들을 품어 감싸주네
며칠 지나면
두루미 떼도 줄 지어 날아오겠네

가을걷이 서두르고
마음도 추스르고
너희들 날개를 따라가야지
허허벌판에 허수아비 벗 삼아

요란할 마음도 내려놓고

너희들과 놀이 한판 벌여야지

—「철새」 전문

김백란 시인의 시는 이렇게 담담하고 담백하다. 요란한 수사 없이 깔끔하게 철새들과 대화하듯 철새를 맞이하겠다는 정서를 노래하고 있다. 그리고 이 시는 매우 로맨틱한 정서를 공유케 한다. 철새와 오랫동안 동거하고 대화를 해 본 사람, 그런 시인만이 들을 수 있는 방언 같은 밀어가 숨어 있다.

화자는 철새들을 맞이하기 위하여, 철새들과 놀기 위하여 "가을걷이 서두르고/ 마음도 추스르고/ 너희들 날개를 따라가야지/ 허허벌판에 허수아비 벗 삼아/ 요란할 마음도 내려놓고// 너희들과 놀이 한판 벌여야지"라고 노래한다. 물아일체의 심상이 절정을 이룬다. 그리고 「두루미 오던 날」이란 시는 다른 생명체들과의 친화적 정서를 더욱 잘 그려낸 작품이다.

식구들이 늘었구나
어린 새끼들 거느리고
멀리 날아오느라 힘들었지
겨우내 날갯짓으로 시름을 달래주고
웅숭깊은 사랑도 심어주고
고고한 자태 눈에 익을 만하면

떠나간다

벼포기 바람에 하늘거리는 날들 지나
벼꽃이 피면 더욱 간절하게
너희들 기다린다
어느덧 가을걷이에 들어가면
너희들 오는 소리 들리는 듯하여
하늘을 우러른다

뚜르르 뚜룩뚜룩
질서정연하게 하늘을 가르며
오는 손님
모두 모여서 신고식도 하고
겨울나기 계획도 세우느라
논배미가 시끌벅적하다

— 「두루미 오던 날」 전문

이 시는 마치 명절을 맞아 집을 떠나가 있던 자녀들이 고
향 집으로 돌아오는 정경의 이미지로 승화되어 있다. 마치
자녀들을 기다리는 엄마의 정서와 이미지가 감각적, 감동
적으로 다가온다. '두루미들'에게 대화체로 발화한 그 자체
도 매우 따뜻한 서정의 결정체다. "글은 곧 그 사람이다"라
고 말한 뷔퐁의 말이 실감난다. 김백란 시인은 이 시만 보
아도 매우 따뜻한 사람으로 인지된다. 또한 이 시가 시로서
의 가치와 우월성을 지닐 수 있는 것은 사물들에게 사랑의

생명을 불어넣고 있다는 점이다.

"식구들이 늘었구나/ 어린 새끼들 거느리고/ 멀리 날아오느라 힘들었지"와 같은 의인화는 얼마나 포근하고 따뜻한 정서인가! 이렇게 사물에게 생명을 불어넣는 일, 그 작업이 바로 시인의 역할이고 시인의 감각이다. 그리하여 "이름 없는 것들에게 이름을 부여하고 그것을 사유케 하는 것, 그 사물과의 사랑을 나누는 것이 시"라고 한 오드리 로드의 말에 전적으로 공감하게 된다.

김백란 시인은 이렇게 천혜 자연의 철원평야에 살면서 '철새들'과 동거동락하듯 이야기를 나누며 일심동체가 되어 살고 있다. 두루미 떼들의 비상하는 흰 날갯짓에서 희망을 노래하고 긴 부리로 먹이를 구하고 사랑을 나누는 몸짓에서 생명의 숨소리와 자연 순리를 깨닫는다. 이런 새들의 생태를 노래한 작품을 좀 더 감상해보자.

자동차가 연신 질주하는

갓길에서

강여울에 노니는 두루미를 찍다가

오줌보가 터질 것 같아

산등으로 오르는 후미진 곳에서

쏴아 쏴아

변기에 앉으면 기어들어가던

오줌보가 한없이 쏟아진다

바람도 넘실대며 흘러드는

황토 위에서

여유롭게 일어나

다시 새들을 만난다

그래,

너희들도 그렇게 시원한 배설행위를

늘 하고 있었구나

주고받는 눈길

반갑다 반가워

—「새를 찍다가」전문

　1연에서 화자는 매우 익살스럽게 배설행위를 그려냈다.
그러나 은연중 3연에서는 "너희들도 그렇게 시원한 배설행
위를/ 늘 하고 있었구나"라고 새들의 배설행위를 인유함으
로써 사람과 동물들의 배설행위가 동일하다는 것을 암시하
고 있다. 재미있는 발상이다. 새들이 오줌 누는 광경은 생
략한 채 인간과 새들의 배설행위가 같다는 것을 간접적으
로 아니 우회적으로 표현한 유머러스한 시다. 그리고 서로
"주고받는 눈길/ 반갑다 반가워"라는 여운에서 묘한 시의
맛을 제공한다. 「텃새들」이란 작품에서도 가족의식, 사람
과의 동일체 의식을 느끼게 한다.

　창밖에 텃새들 요란하다

　리듬에 맞춰 찰진소리로 주고받는 말

　무슨 얘기 하고 있을까

조반 먹던 이야기

꽃 핀다는 이야기

바람에게 전하고픈 사랑 이야기까지

재잘재잘 쉬지 않고 또르락거린다

—「텃새들」1연

점심 먹고 나무 그늘에서 한잠 자고

해질녘엔 마당가에 모여 앉아

저녁 찬거리 걱정하는 소리로 속닥속닥

하루해가 지루한지

까마귀 소리 한번 내지르고는

장끼가 새들의 세상을 평정한다

—「텃새들」4연

너희들 말속에 시 있다

너희들 수다속에 노래 있다

귀가 즐거운 하루가

너울너울 춤추며 지나간다

—「텃새들」5연

위 시 「텃새들」의 4연을 보자. 얼마나 따뜻한 정서인가!
여름날 혹은 가을날 평상에 모여앉은 식구들이 오늘 저녁
은 무엇을 해먹을까? 라며 속닥거리는 소리가 들려오는 듯
하지 않는가?

특히 "너희들 말 속에 시가 있다/ 너희들 수다 속에 노래

가 있다/ 귀가 즐거운 하루가/ 너울너울 춤추며 지나간다"
고 묘사한 5연은 시적 여운과 시간적 여운이 매우 아름다운
조화를 이루고 있다. 이렇게 김백란 시인의 시는 우리들 일
상의 모습을 보는 듯 따뜻하고 서정적인 감성을 의인화하는
기법으로 능청스럽게 시를 미학적으로 살려내고 있다.

3. 철원의 보고를 찾아서

　앞에서 언급한 대로 '철원'은 '철새도래지'를 비롯하여 수
많은 역사적 유산을 소유한 곳이다. 특히 한탄강 유역은 자
연경관이 빼어나 명승지가 많으며 한국전쟁의 전적비와 기
념물이 많이 세워져 있다. 한탄강 일대는 2015년 환경부에
의해 국가지질공원으로 인증된 데 이어 2020년 7월 7일에
는 유네스코 세계지질공원으로 등재된 곳이다. 또한 철원
은 민통선과 가까이 있어 한국전쟁을 비롯한 근현대사의
흔적이 고스란히 남아 있고 후삼국시대에는 궁예가 수도로
삼은 궁예 도성의 터전이기도 하다. 이런 역사의 땅에서 김
백란 시인의「한탄강」은 어떤 모습과 어떤 의미로 형상화되
고 있는가를 감상해보자.

　　흐르고 흘러라

　　소이산 재송평 바라보며
　　평강고원 그 하늘 아래
　　피붙이를 두고 온 이들의
　　눈물이 마르도록

한반도 허리가 꺾이고
하늘이 노하던 그날에도
흐르고 흘러가야만 했던 강이여
낟알 곡식 생명의 명줄이라
속속들이 논바닥 적셔주었지

강바닥에는 시퍼런 이끼가 녹슬어
평화롭게 자맥질하던
고기떼 다슬기 뿔뿔이 흩어져 가고
현무암 귓속말로
알아들을 수 없는 고함소리만
질러대고 있구나

어찌어찌 이 위태로운 세월을
어루만지고 있느냐
사랑하는 이웃들
살아가야 할 이 땅의 뿌리
병들지 않게 씻어내리며

흐르고
또 흐르거라

—「한탄강」 전문

누구의 솜씨인가
힘 있는 손으로 연장을 휘둘러

깎아놓은 주상절리

틈새마다 야생화
자태를 뽐내고
절벽의 날선 기운이
강물의 흐름을
잠시 잠시 주춤거리게 한다

휘돌아가는 물길 따라
오천 년 역사의 그림자 여울져가고
상춘객들,
저마다 소원 한 가지씩
강물에 흘리고 간다

—「한탄강 주상절리」 전문

「한탄강」은 이 시의 제목에서 암시하듯 분단된 우리 민족
의 한恨을 노래하고 있다. 그 한스런 비극은 어느새 70년을
넘어섰다. 그래서 "강바닥에는 시퍼런 이끼가 녹슬고/ 평
화롭게 자맥질하던/ 고기떼 다슬기 뿔뿔이 흩어져 가는" 형
국이다. 지금 이 시각에도 우리 민족은 남과 북이 보이지
않는 총부리를 겨누고 있다. 한 맺힌 이 나라의 불운, 언제
쯤 끝이 날 수 있을까?

김백란 시인이 이 '한탄강'을 바라보며 한탄하듯 부모형
제를 고향에 두고 온 실향민들은 또 얼마나 원통하고 애통
할까! 그래서 김백란 시인은 그들의 아픔을 대변하듯 한

탄강에게 하소연한다. "소이산 재송평 바라보며/ 평강고원 그 하늘 아래/ 피붙이를 두고 온 이들의/ 눈물이 마르도록// 흐르고 흘러라"고 '한탄강'에게 청을 올리듯 읊조린다. 이렇게 타인의 아픔을 대신하여 울어줄 수 있는 사람이 시인이다.

「한탄강 주상절리」는 김백란 시인에 의하여 그 아름다움의 비경을 넌지시 시사한다. "틈새마다 야생화/ 그 자태를 뽐내고/ 절벽의 날선 기운이/ 강물의 흐름을/ 잠시 잠시 주춤거리게 한다"고 할 정도로 상춘객들의 발길을 끌어당기는 곳이다. 참고로 철원의 '한탄강 주상절리'는 총 연장 3.6㎞ 폭 1.5m로 철원을 대표하는 비경 중의 하나이다. 깎아지른 듯한 벼랑에 선반을 매어놓은 듯한 잔도棧道는 많은 관광객들의 호기심과 함께 그 비경秘境을 즐기기 좋다.

작은 연밭이 있는
길을 따라 오르면
샘물가에 동자승이 오밀조밀 모여서
이야기꽃을 피운다

오래 묵은 느티나무 아래
봄이 꽃대 들고 일어나
반갑다고 인사를 건넨다

스님은 독경 중이고
처마 끝에 인경 소리

바람을 부르는데
피안의 요새로 들어가는 길은
물소리 흘러나오는 샘물가에
햇살과 더불어 열려 있는 듯하고
석탑에 피워올린 촛불 위로
바람이 잠시
머물다가는 길이 보인다

—「되피절에 갔더니」전문

'철원' 하면 빼놓을 수 없는 곳이 '도피안사'이다. 이 절은
남북국시대 통일신라의 승려 도선이 창건한 사찰이다. 김
백란 시인은 우리들이 평소에 자주 쓰는 '절 사寺' 자의 훈訓
을 따서 친근한 어감으로 바꾸어 「되피절에 갔더니」란 제
목으로 차용하였다. 그 절에는 정적이 감도는 고요함 속에
경내의 풍경이 잘 그려져 있어 마치 피안에 든 듯한 정취를
느끼게 한다.

"샘물가에 동자승이 오밀조밀 모여서/ 이야기꽃을 피우
고// 오래 묵은 느티나무 아래/ 봄이 꽃대 들고 일어나/ 반
갑다고 인사를 건넨다// 스님은 독경 중이고/ 처마 끝에 인
경 소리/ 바람을 부르는데"와 같은 청각과 시각의 공감각
적 이미지 묘사는 절창 중에 절창이다. 끝 연에서 다시 "피
안의 요새로 들어가는 길은/ 햇살과 더불어 열려 있는 듯하
다"고 불교 최고의 경지까지 암시한 상상의 심미안은 가히
미학적 우월성優越性을 확보하고도 남는다.

4. 민통선 마을에 살면서

김백란 시인은 철원 민통선 마을에서 살아온 해가 어언 50년이 되었다고 한다. 민통선은 민간인 통제구역으로 휴전선 일대의 군 작전 및 군사시설의 보호와 보안유지를 목적으로 민간인 출입을 제한하는 구역이다. 거기에 들어가 사는 주민들은 대부분 농사를 짓기 위하여 국가기관에 신청하여 허가를 받아야 하는 곳이다. 김백란 시인은 이 지역에 살면서 체험한 일과 시시때때로 느낀 정서를 시로 승화시켜낸 것이다. 여기 그의 발자국 같은, 흔적 같은 장시, 「민통선 마을 양지리에서」란 시가 그것이다. 이 시를 공유함으로써 우리가 미처 경험해보지 못한 곳에 대하여, 삶에 대하여 알아보자.

1

스멀스멀 땀이 배이는 오후
논은 논이 아니었다
자갈밭이었고
황무지였다

임대해준 땅
노동만이 필요했다
피땀 흘려 일궈야만 했다
전쟁이 할퀴고 간
피바람으로 황폐한 땅
외면하던 땅을 찾아

화전민들이 모여들었다
허연 쌀밥이 그리워 모여들었다

1970년대 초
밥 한 그릇이 눈물겨운 시대
철원이라는 오지에
발을 들여놓고
밤이면 물꼬싸움
낮이면 땀방울을 흘리고 또 흘렸다

2
동네 어귀엔 늙은 정자나무 한 그루 없고
살아남은 피붙이 하나 없이
외지에서 몰려온 사람들
가난 때문에 서러운 사람들이었다

의지할 데라곤
노동력 하나 빈손에 움켜쥐고
철원 벌판을 밟았다

경운기에 몸을 싣고
바람맞으며 가는 일터에
바람이 좋았다
억새가 바람 따라 일렁이는 게 좋았다

벼가 패기 시작하면
바람이 왜 불어야 하는지 알게 됐다
그리고 그때 사랑도 알게 되었다
허연 쌀밥을 먹고 사랑하다가
낳고 낳고
한 일가를 이루었다

3

철책선을 뒤흔들던 대남방송
그 소리 자장가처럼 듣고 살아온 날이
수십 년 흘렀다

장날마다 꽃단장하고
장보러가던 형님들
이제 하나둘 다 떠나가고
주름진 손등 바라보며
노을진 여정을 더듬는다

스물일곱 배미 다랑논 사고
기뻐하던 날
세상을 다 가진 것처럼 좋아하던 날
그 마음 가슴에 품고 살아온 세월
미련도 후회도 없어라
옥수수 익어가는 텃밭에서
오늘도 잡초더미와 전쟁이다

「민통선 마을 양지리에서」 1에서의 내용으로 보아 처음에는 국가에서 임대해준 땅이었던 것 같다. 그 땅은 "논과 논이 아닌 자갈밭이었고/ 황무지였"고 "전쟁이 할퀴고 간 피바람으로 황폐한 땅"이었다. 이 시에서 시사한 바대로 처음 그곳에서는 화전민들 간에 많은 다툼이 있기도 한 것 같다. 농로를 따라 물길을 내야 하는데 그 물길 때문에 일어난 다툼이다.

2에서는 그곳에 정착하는 과정이 잘 표현되어 있다. 전쟁으로 "살아남은 피붙이 하나 없이/ 외지에서 몰려온 사람들/ 가난 때문에 서러운 사람들이/ 의지할 데라곤 노동력 하나 빈손에 움켜쥐고/ 철원 벌판을 밟았던" 사람들이 삶의 터전을 잡은 곳이다. 그렇게 살다보니 그래도 "허연 쌀밥을 먹고 사랑하다가/ 낳고 낳고/ 한 일가를 이루었다"는 것은 천만다행이다.

3에서는 이렇게 몇십 년을 살다보니 이웃하여 살던 사람들은 하나둘 떠나가고 "스물일곱 배미 다랑논 사고 기뻐하던 날/ 세상을 다 가진 것처럼 좋아하던 날/ 그 마음 가슴에 품고 살아온 세월/ 미련도 후회도 없어라"며 담담하고 진술하게 표현한다. 그러나 그 속에는 보이지 않는 서민들의 애환이 강물처럼 싸하게 가슴을 젖게 한다. 이렇게 독자의 가슴을 울리는 것이 서정시의 미학이 아닐까?

김백란 시인의 시는 이렇게 진솔하고 요란한 수사나 과장됨이 없이 잔잔하게 현장 르포 형식으로 그 의미를 전하는 데 예술적 매력과 가치를 지니고 있다. 앞으로도 일반인들이 미처 경험해보지 못한 철원 땅의 비밀 같은 역사와 의미를 발굴하여 알리는 제4의 시집이 탄생되기를 기대하면서 축하를 드린다.

민통선 마을 양지리에서

지은이_ 김백란
펴낸이_ 조현석
펴낸곳_ 북인
디자인_ 푸른영토

1판 1쇄_ 2024년 09월 30일
출판등록번호_ 313 - 2004 - 000111
주소_ 121 - 842 서울 마포구 서교동 460 - 34, 501호
전화_ 02 - 323 - 7767
팩스_ 02 - 323 - 7845

ISBN 979-11-6512-098-6   03810
ⓒ김백란, 2024

이 책은 강원특별자치도, 강원문화재단 후원으로 발간되었습니다.